草茫茫

苅田 日出美

七月堂

表紙写真・苅田　實

目次

草茫茫　目次

草茫茫

ゆりかもめ

赤い靴の女の子がすわっている海では
船を係留している綱のうえに
ゆりかもめが整列してとまっている

神戸ではメリケンパークの帆船からみていると
桟橋のあたりで揉め事があったようで
バタバタと騒がしい

われわれはわれわれのルールがある
われわれにはわれわれの居場所がある
われわれわれわれわれわれわれわれわれわれ
群れて飛ぶ形骸　かれらはわれわれ

くちばしの赤い色と
足元の赤色が愛嬌のゆりかもめ
黒い髪　黒い瞳　短足胴長のわれわれ
一本の綱に整列してとまっている
ボスが右を向くと
命じられなくてもみんな右を向く

かもめかもめ　ゆりかもめ

エスカルゴロゴロ

エスカルゴがトングから滑り
知らない人のテーブルに飛んでいく
スープのなかに落ちたので
ナプキンどころか洋服までも汚してしまう

だからカタツムリなど食べたくないといったのに
エスカルゴって日本のカタツムリじゃなく
美味しいよ　とすすめられ

バターでつるつる滑りやすく
トングの持ち方も知らなくて
遠くのほうに飛ばしてしまった

マナーが悪いと肩身がせまくて
小さくなって
穴でもあったら入りたくて
エスカルゴの殻のなかにもぐりこむ

銀色の線をのこして這って行くあのナメクジが
殻を背負っただけじゃないかと思っていたのが間違いで
背中と腹は螺旋の殻にくっついている

皿の上から見上げると
あら　お嬢さんつけ睫毛がとれそうですよ
という前にホークの槍に殺されている

エスカルゴひとつ転がってさえ
見えない視線に凍ってしまう瞬間がある

ナプキンをたたんでいると稲光
殻の中でゴロゴロと雷がなっている

モットクレロン

モットー
モットー
土壁が崩れかけている納屋の隅で
埋もれていた石
大根を漬け込むのに手ごろなので持ち上げた瞬間に
しわがれた声がした

モットー　モットー
もっと食べ物をくれという怪獣をよみがえらせてしまった
野菜という野菜を食べつくして巨大化したモットクレロン
ウルトラマンタロウに塩漬けにされ
閉じ込められていたというのに
青汁好きのあたしのところで荒れ狂う

特保コマーシャルの所為なのよ

大根に大麦若葉それにケール
モットクレロンに食べさせてあげる
緑色のものが空気のように龍のように渦巻いている

でんわ

夕食のあと家族四人は
カネゴンのような姿になっていたかもしれない
キノコのような頭になっていたかもしれない
あの電話がなかったら

ハイキング土産の野生の椎茸
メニューをかえてすき焼きにでもしようか　と
まな板の前にいたとき
その電話が鳴ったのだった

椎茸ではなく
猛毒のツキヨダケ
まにあってよかったというけれど

まにあわなかったら
ツキヨではなくアノヨなのだ

むかし好きだったウルトラQのカネゴン
キノコのようなガマグチのような頭になったカネゴンに
家族四人が変身して
あちらの部屋で
楽しそうに笑っている

ティッシュ

ブラウスやジーパンのポケットをしらべたはずだったのに
ティッシュまみれの洗濯ものができてしまった
どのポケットを見落としていたのだろう
その後始末が大変で
床いちめんに白い紙片が舞っている

ちょっとした手抜きで
とりかえしのきかないことができてしまう
色の濃いTシャツやタオルにまみれついている
ティッシュをふるい落としながら
こうやって生きてきた時間がある　ある
ある　と泣きだしそう

お天気はとてもよいのに
まだほせなくて
トネリコの葉っぱが
東からのかすかな風にゆれている

ロバの散歩

空港への道で
ロバを連れている人を見た
夜明け前で寝ぼけているのかと目をこすっても
やはりロバ

犬を飼うようにロバを飼っている人がいる
ロバを飼うように　二頭の馬を飼っていて
幼いとき父と馬に乗って練兵場を走っていた
もう一頭は競走馬で飼い主は戦死した叔父

家にはたしかに馬小屋があり
馬が豪快にだす尿の音を訊きながら
夢の中でオネショをして叱られたことがある

結婚して一週間で戦地にいった叔父
岡山から一時間足らずで羽田に着く
飛行機に乗るといつも　いつも
時空という危ういものを抱きしめてきたことを知る

乗っている　のせられている

ＪＲ庭瀬駅で岡山行きの電車を待っていたら
『がんばれカープ』と書いてある派手な電車がやってきた
カープファンでもないけれど仕方なく乗ってしまう
この電車に乗っている人の何パーセントがカープファンなのだろう

アメリカの女優アンジェリーナ・ジョリーは
まだ美しい乳房を切除したと公表した
乳がんになる確率が高い遺伝子をもっているからという
ヒトゲノムがすべて解読されたからといっても
振りかえったら死んでいることも事故にあうこともある

フランスの食堂で
一匹まるごと五十センチもある黒焦げのスズキが

白い皿にのせられてきたことがある
日本では切り身にしてサラダなどがそえられているのだが
この料理にはオリーブ油とバルサミコ酢

（十月の末のマジェンタ色のあのサンザシの実をつみとって）
パソコンのインクがきれるといつもきまって
西脇順三郎の詩の一行をきかされる
西脇順三郎の詩が好きというより
マジェンタという色の洒落た感じが好きなだけの家人がいる

東京スカイツリーの展望回廊から下をみると
細い路地の曲がり角でちょっとだけ待てばよいのに
衝突しそうな車がある　あの白いワゴンだよ

外科眼科耳鼻咽喉科春一番　小沢信男の句に驚いて
歯科眼科循環器科脳神経外科梅雨に入る

バランス

バランス　バランス
と叫ぶ声に目覚めることがある
あのときゴンドラから落ちていたら
生臭い水のなかに沈んでいたわたし

ムラノのガラス細工を選んでいると
後ろにいた中国の人にケースごと買われてしまった
いつも欲しいものを逃してしまう

アコーディオンを弾きながら
サンタルチアやケセラセラなどテノールで唄う
イケメンでやさしいゴンドリエが
身じろぎすると　バランス　バランスと怒鳴る

狭い水路の角にくると
ゴンドラからたくましい足をだして建物を蹴って曲がる
カメラをかまえようとしただけでバランスは崩れる
夕暮れの桟橋で濡れているゴンドリエの帽子にチップをいれる

あのとき買えなかったものがある　ペルソナ
荷物になるので帰りにしようと思っていたのに
欲しくてたまらないペルソナを忘れてしまった

ガーゴイルとガルグイユ

ノートルダム寺院の塔のうえで
パリの街を見下ろしている
どこか寂しく
ひょうきんな顔をしている怪獣たち

ガーゴイルと書いていたら
正しい名称はガルグイユだと直されたことがある

曖昧なことや言葉　いい加減なことは正された

詩人　藤富保男さんに詩集の発行をお願いしたときのこと
東横線の都立大学駅で待ち合わせして
駅前にある喫茶店の二階で編集の細かいことまで見ていただく

詩人は自転車に乗って来て
自転車で去っていく
なんにも受け取れなかった　想い　が今

腰の付近

がさっきからむずかゆい。腰をはずして、脚を上の方にもって来て、一気に宙返りをしたら、顔じゅうに蝉がぶらさがって、いっせいに鳴き出した。

藤富保男・一体全体・

ノートルダム寺院の正面にある門の上には聖人の像が並んでいる
そのなかに一人だけ自分の頭を手に持っている聖人がいて　藤富さんの詩も　そんな風に目立つているのかな

ホクロ

エスカレーターでひとつ上の段にいる若い男性の
白いうなじの真ん中にある五ミリほどの黒いホクロを見てしまった
それだけのことなのに
顔を見たわけでもないのに
見てはいけないものを覗き見たような後ろめたい気持ちになる

この男性が生まれたとき
いちばんはじめにホクロを見つけたのは母親で
恋人には膝まくらでホクロを愛でられるかもしれない

好きだった大学生には
眉と眉のまんなかにホクロがあって
お釈迦さまみたいだとさわったことがある

著者の名も題名も忘れた推理小説に
ホクロから展開していくストーリーがあった
刑事の主人公が駅のトイレをノックもしないで開けてしまって
あわてて閉めた和式トイレの
女性のお尻にホクロがあったことだけを記憶していて
殺人事件の被害者の臀部にあるホクロであの時の女性だと確信する
一瞬の偶然が書かれていた

エスカレーターから降りたときに
急いでその男性の前にいって振り返って顔を見ようか
でも見なかった
夕方のラッシュ時にまぎれて乗ったエスカレーターは
どこまでものぼっていく
京都駅のながいエスカレーターはどこで降りても伊勢丹に着くけれど
ここはどこ
ちょっと迷いこんでしまった夕焼けの空

フーダニット

わたしはわたしの寝室で死んでいる
夜の七時か八時ごろまでだれにも発見されないだろう
最初に気づくのは夫だろうか
それとも娘
ぎゃあ　という声を出すのだろうか
お母さん　お母さんとこの体を揺さぶるのだろうか
一一〇番に電話する声はふるえているだろう

カルチャーセンターの推理小説教室に通っていたことがある
フーダニット　who (had) done it
ハウダニット　how (had) done it
ホワイダニット　why (had) done it

探偵でなければ解けないトリックについて学んだり
たとえば昼下がりの電車一両分の乗客の観察など
推理作家の先生に教わった作法をつかって
創作メモをこしらえる

先生に連れられて
取材旅行をしたこともある
宿題は見破られない殺人トリックを考えること
サスペンス詩など書きたいと企んでいた

寄木細工の箱をあけるように
少しずつ面をずらして
シーンを創るが
殺人のトリックなどわたしには浮かんでこない
だから自分で死体になった振りをする

身動きもしないでぐったりと
首には紐でも結んで力を抜いて
第一発見者の反応を観察する

だれもいない昼間の家
ベッドの上に死体がある
フーダニット
殺したのはわたし
殺されたのもわたし

不在証明

種なしピオーネの粒が二つくっ付いて
ハートの形になっているのが珍しいと
スマホで撮って
即　ブログにあげている

ちょっとしたご馳走
おいしそうなケーキ
バラの花の真ん中から生えてきた葉っぱ
なんでもすぐに撮ってしまう

そらまちを歩いて
あのアイドルグループが食べていたてんぷら屋を
出たところで　友さんですね

いまツイッターを見ましたよと声かけられる

どこにいても会話ができる
衛星電話で
ネバダ州のブラック・ロック砂漠にいるけど元気です
息子だよ

家のそばを
廃品回収車のおおきな声が過ぎていく
いま1914年8月31日午後1時過ぎ
どこかで事件がおきている

イカズチ

部屋のなかに
イカズチの神が転がっている
白いしろい姉さんの骨を拾って帰ったところで
すぐに気づけばよかったのだが
黒いくろいドレスを脱いで肌色のスリップ一枚着けただけの状態で
ふと振り返るとイカズチの神様がそこにいた

部屋中をうごきまわる掃除ロボットのように
イカズチが動いている
見たな　見たな　見たな　見たな　見たな
最後にのこったわたしのものを
みたな　みたな

大好きなイカずしではなく
イカズチがぐるぐると移動する
仲良しの姉さんなので怖くはないけれど
触ることはできなかった

亜熱帯化している国土があって
天気予報に竜巻注意報がでたりする
イカズチと住んでいると
なんだか力強くて安全で
いってきます　と元気な声がでたりする

あれはどこ

あれは海の近くの階段だろうか
母親の手からはなれた乳母車が転がり落ちていく
止めなければと思うのに
手が届かない
そんな場面を想い出して立ち止まる

いつもの街が
ワンクリックで線描画にかわってしまう
脳のなかにイラストレーターが住みついていて
モノクロだったりセピアだったり
住み慣れている場所が異界のようだ

おはようとか今晩はとか

言葉をかわす背の低い生垣の
こちらとあちらが何メートルも遠くなって
婆さんがひとりしゃがんで草をむしっていたりして
もう夕暮れ時なのだ

あれは岡山の後楽園の近くだった
まだ若い母と出会って
いっしょにお昼を食べようか
誘われてうなぎ屋さんの古びた二階にあがろうとして
どうしてもあがれなかった

黒光りのしている階段がどこまでも延びていくので
お昼は一緒にできなかった
異界の人と食事をするとこちら側には戻れない
なんて話があるけれど　あれはどこで見たのだろうか
母親の手から放れた乳母車が坂みちを転がっていったのは

草茫茫

えのころ草の草むらで
赤ん坊が泣いている
ふぅわりと綿毛のように丸いからだは
ただ悲しくて涙を流しているばかり
抱きとめてあげなければ消えてしまう

よそからくると
百年まえのことであってもいつまでもよそものなので
あらぬ噂がたてられる
三人の娘を連れて越してきた男の家に
また三人の娘が生まれると
前の娘の父親はみんな違っているのだと言いふらす

噂がうわさを呼んできて
おんなの子しか産めないおんな腹だと馬鹿にする
子供のいない伯母さんがきて一人ぐらいくれないかという
二番目の子がおとなしそうで気にいっている
母親は泣いている

えのころ草の草むらで
泣いているのは一番先にいなくなった二番目の子
見覚えのある四つ身の着物は御所車
ただふぅわりとふぅわりと抱きとめている

よそからくると
いつまでたってもよそものなので
どこから来たのかだれも知らない
えのころ草の綿毛が夕焼けで金色にかがやいて
どこへ行くのか　だれも知らない

パズル

黒い着物に兵児帯をした老人が
板塀のある三叉路でわたしのことを待っている
子盗りじゃあ
逃げていく背中に名を呼ぶ声が追いかけてくる

七十年の時空を超えて
宇宙のどこに留まっていたのだろうか
いま耳に届いてくる

パズルから剥がれた一片
あるいは瞬時に消える流星のように
まだ羊水に浮かんでいた頃の
記憶のなかにポシャンという音をつれて落ちてくる

腕をのばして拾おうとするのだけれど
指先にふれた感覚だけを残していく
老人の声

そのとき
枕経の唱えられているとき
まだ生えていない私の爪と毛髪が供えられ
二度目の出会いは完結する

あのとき
逃げなかったら
会話ができたというのだろうか

白うさぎ

白うさぎの二円切手をプラスした手紙をだしに
雪の積もった三叉路をわたって
丸い赤帽子のポストまでとことこと歩いていく

三叉路には魔物がいるとうわさがあったが
そこのところの置石にすわっていたのは
黒い着物に兵児帯をした爺さんで
いつもだれかが渡ってくるのをまっている

雪の道にてんてんと足跡をのこして
女の子はとことこ歩いてどこまでも
ポストには手紙が投かんされた形跡もない

記憶のなかでたったの一度だけ出会っていた
爺さんに声をかけられてそのまんま
行ってしまったのかもしれない

ポストの口には舌があって
ぺろりとなんでもたいらげるから
手紙をいれたらすぐに手をひっこめなければ危ないらしい
真面目な顔でいうひともいる

三叉路には魔物がいるから
道祖神の祠があったりするのだが
女の子が帰ってくるのを見たものはいない

（二円不足しているので返します）
郵便受けには戻されてきた手紙だけがひっそりと届いている

コントロール

コントロールについて新解さんは
『行き過ぎの無い（自分の思い通りに行動させる）
ように操作・調節すること』なんて解説しているのだが
その農耕馬はうしろ足が無いのだから
あばれていても調教なんてできやしない
尻尾をふって田んぼのなかを駆け抜ける
百姓だった父さんは馬に胸を蹴られて死にそうになる
彼岸花の球根をすりおろして小麦粉と酢をまぜて湿布した

『神田日勝』に愛されて半分だけしか描かれなかった
馬の無い下半身は自在である
見えないものを
コントロールできるはずがなく

鞍やアブミをつけることも無理なのに
ベニヤ板の画布から出そうと必死になる

コントロールケーキにはジャムのかわりに馬糞を
コントロールパンには稲わらを

荒毛におおわれた顔をなでると鼻をふくらませて
すり寄ってくる

猥褻な林檎

白いテーブルクロスの食卓に
赤や黄の林檎　オレンジや葡萄
水差しなどをセザンヌの絵のように再現して
額縁で囲んだら芸術となるのだろうか

オルセー美術館に展示されているが
日本では公開されることはないであろう
ギュスターヴ・クールベの『世界の起源』の前で
自分の体も同じように芸術作品だと主張して
からだを開いた女性がいた

公然猥褻で逮捕された
ベルギーの女性アーティスト

おかしくて笑ってしまったが
絵筆とそれを描こうとする画家の
内面を通過していなければ
静物画にはならない

シャルダンの描くいちごは皿からこぼれそうだし
果物ナイフは画布からとびだして
いまにも肉体に刺さりそうな危うさがあり
セザンヌの林檎は
同じ構図で皿にのせられている骸骨と等しくて
描くひとの息づかいが伝わってくる

クールベの『世界の起源』は政治学者で作家でもある
姜尚中の言葉を借りれば*(サバサバとしたほどの潔さで人間が
自然の一部であることを写実的に描き出している)ので
ポルノではない

いま三次元プリンターでは
絵のなかの林檎をひとつ立体化して
ガブリと白い歯型だってつけられる

＊姜尚中『あなたは誰？　私はここにいる』より

骨のなかの空

砂漠のなかに散らばっている骨
水を求めて干からびて死んでしまった
動物の骨盤に
オキーフは青空を描いている

デルボーは
骨は人体の基本構造だといって
美女の傍におなじポーズの骸骨を座らせる
キリストの磔刑像さえ骸骨で
泣いているマグダラのマリアたちも骸骨である

このところわたしは骨に
出くわすことが多かった

火葬場の鉄の扉から
白い姉さんの骨を拾ったり
写真美術館でみたセバスチャン・サルガドの
アフリカで骨をさがして歩いている
サルガドが撮っている何百人ものツチ族の遺体は
骨になるまでの時間がまだ残されていて
砂丘は大西洋沿岸から
ナミブ・スケルトン・コーストの境界まで続いている

白く乾いた骨盤のなかにある青い空に白い雲
オアシスのようにも見えるそこで溺れたものたちがいる
骨盤の中の空には仕掛けがあって
そこだけは空気が超音波に震えている

カイユボットの部屋

ブタが煮えている
ブタの形をした落とし蓋

はじめて「落としブタ」をみたのは
『デリ・デリ・キッチン』というテレビ番組
「ここで落とし蓋をします」と登場したのが
豚の顔をした「落としブタ」だった
豚のデスマスクのような不気味さはあるが
ブタと蓋　ギャグのようなネーミングが面白い
ロフトの台所用品売り場で見つけたときに迷わず買ってしまった
醤油や出汁でアメ色に変色しても
シリコンゴム製で耐熱温度230℃
耐冷温度マイナス10℃というすぐれもの

キャッチフレーズは
「菜箸などを鼻の穴にいれて持ち上げるとラクチンだよ」と面白い

この面白いもの好きがどうも私の悪癖らしく
洋服や靴　バッグなども変わったものをえらんでしまう

カイユボット・(ギュスターヴ・カイユボット)という
変わった名前の画家の展覧会が見たくなって東京に来た
その絵よりもカイユボットという名前が面白くて来てしまった

フランスの裕福な家庭の室内で
黒いドレスの婦人が背を向けて窓辺に佇み
画面の手前には　その夫らしい人物が新聞を読んでいる
ありふれた生活風景が描かれている

窓辺の婦人は決して夫の方を振り向かない

婦人はあした離婚届けを出しに行くのです
波風を立てず後ろ向きで小さく欠伸をしている
いつもの朝が
面白い

御出子《オデコ》

アマガエルの足を思いっきり引っ張っていた
鉢植えしたパンジーの葉に茶色のものが混ざっていたので
ちぎって捨てようとしたら冬眠から覚めたばかりの蛙だった
蛙も驚いただろうが私もびっくりしてしまった
パンジーの細い茎にしがみついていたものを捕まれて
ゴムのようにのびた足が手をはなすと葉っぱのなかに跳ねていった

蛙の身に起きたような異変はヒトにも起こる
門扉の前のほんの少しの段差に足をとられてオデコから転んだ
手をつくこともなくオデコで地面に着地していた
地面がゆっくりと顔に近づいてきて
メガネが潰れ血が吹きだしてきた
わたしの足を引っ張ったのは　だれ

万有引力が太ったからだに余計なお世話をしたのだろうか

かわいいね　デコちゃんみたい
と言われて育ったわたしの顔はオデコなのだ
顔のなかでいちばん凸のオデコの真ん中にメガネのツルの
深い傷痕がついてしまって
いつも眉間に八の字のシワをよせているようで
このままの顔じゃあ死ねない

オデコではなくこのごろは額になってきたようだ
フジトミさんは『詩の窓』でひたいを額とかくと
ひたいでお金の計算をしているようだ　と書いているけれど
傷痕のためにコンシーラー（部分用ファンデーション）など
お金のかかることばかり
きれいなオデコになりたいよ

被苦人「ピクト」さん

そのとき
真っ先に走りだすのは『ＥＸＩＴ』の表示のなかで
ミドリの体で静止していたピクトさん
ホテルの廊下には数人のピクトさんが住み着いている

浴室やトイレで転ばないように
ポットで焼けどしないで
タバコは吸わないで
つまずかないで
どこの国の人が泊まっても
ピクトさんがいたら言葉はいらない

わたしの内から駆け出していく『ＥＸＩＴ』の人型

廊下は道路と同じなので服を着て靴も履いてといわれても
二十三階の二十七号室からエレベーターのところまで
スリッパのまま逃げていく
そこにもピクトさんがいて
扉にはさまれないようにと注意する

托卵された鳥のように異形のものを愛したり
もろくなった循環器を補強して
段差があっても転ばぬ先の杖をついて
わたしの内から逃げるように駆け出したものたちは
海馬の中にもぐりこんでいるのだろうか
しりもちをついているピクトさん
いつも危険を体現しているピクトさん
わたしのピクトは
日本ピクトさん学会に認定されるのだろうか

亀に会う

酔芙蓉の葉を喰いちぎっていた緑色の毛虫は
銀色にひかる繊細な棘で全身を覆っていて気持ちが悪い
割り箸でつまんで家の前の小川に捨てようとして
水草のうえで甲羅干しをしていた亀と目が合ってしまった
朝の九時

十一時　紫外線よけの日傘をさして
歩いて十分ほどの歯科医院にいく道で
短い首を伸ばしながらのそのそ歩く小さな亀
観賞用のミドリ亀が捨てられたのか逃げ出したのか
午前中に二度も亀に出会うなんて
縁起が良いのか悪いのかわからないけど
うっかり手をだすと噛まれてしまう

噛みつき亀も不法投棄されているらしい
メダカやフナが泳いでいる小川にも
ピラニアがまざっているかもしれないし
石の隙間に背赤後家蜘蛛
でんぐ熱のヒトスジシマ蚊も飛んでいる
落し物で警察に保護された大蛇もいる

ハクビシンが庭に出るのよ
幽霊かと思ったわ
東京の友人から電話がある

２０１４年10月８日の皆既月食を眺めていたら
赤銅色に変化する月のように
しずかにそっと得体のしれないものたちの
息づかいが混ざってくる

ひょいと

ひょいと
むこう側へ転がってしまいそうな　朝
暖房のリモコンをＯＮにして
パジャマを脱ぐ

そういえば
ぷっつりと切断された時があったわ
あの時ひょいとむこう側へ
行きかけたっけ

帝王切開術のために全身麻酔をされて
気がついたときには何も覚えてはいなかった
夢をみるとか親しい人の声を聞くとかいうこともなく

数時間は空白で
そのままで　向こう側に転んだら
なんにも無くて
白紙のようなものがプリンターから
エンドレスに出てくるのかも

ねむい眼をこすりながら　ひょい　ひょいと
キッチンに降りてきてパンを焼く
こちら側の
いつもの朝

カレンダー

月末には無意識に
カレンダーを一日早くちぎっていたが
朔日までの時のなかで
なにか異変が起きないだろうか　と
不安がよぎる

デパートの地下から
夫が待つ一階に行こうとした5分ほどのあいだに
上に行くエスカレーターで頭から落ちてしまった
血が噴き出して
助けてくれた食品売場の男性の
白衣が赤く染まっていた

救急車で運ばれるのは初めてで
首は固定されて身動きもできない
胸には心電図モニター
指も計器に挟まれている
事故死するって
こんなにもあっけないものなのだろうか

頭のＭＲＩは異常なし
頭皮の傷は医療用ホッチキスでとめられる
生年月日も自分の名前もはっきりと答えられたが
頭はボンレスハムのように網の中

カレンダーをちぎるのは
ちゃんと目覚めた朔日の朝が良い
一枚の紙と紙のあいだには
未知の時間がはさまれている

回

スーパーマーケットの駐車場の片隅で
コンクリートの隙間に生えた雑草に
ひょこひょこと歩いてきた爺さんが立ち小便をしている
車の中から見るともなく見てしまった次の瞬間
その爺さんは自分でおしめまでつけていた

認知症なのかと思ったが
何事もなかったように軽トラに乗り込んでいく
夕暮れのラッシュ時に
あの爺さんが運転しているのかと怖くなる
という私も婆さんなのだ

帰る場所がどこにもなくて

山の手線をぐるぐると回り続けた人がいるというのを
新聞の片隅に見つけた
岡山から東京まで用事もないのに往復したことがある
新幹線に揺られている時間と距離がただ欲しかっただけ

山の手線をぐるぐると回っている人は
きっとまだ乗りつづけている
巣鴨から巣鴨まで　東京から東京まで

自分の尾をくわえた蛇は大きく育って
日常を取り囲む円周になる
地球の上ではどこにいても
始まりは終わりなのだ*

＊ボルヘス・幻獣辞典

ウィン・ウイン

わたしにぴったりとくっついて離れない
ヒョロヒョロは
影というよりダルマのような寄生虫
ヒョロヒョロは
転びそうで転ばない

わたしとヒョロは
どちらかと言えばウィン・ウインな関係だ
ヒョロがバランスを崩しそうになると
わたしは全力で引きもどす　云々

などと言うと
ヒョロヒョロは

お前が先にバランスを崩すんじゃないかと
でん・でん・デン・デンと太鼓を叩いて
騒がしい

前期から後期に名前を変えても
ヒョロヒョロは
ぴったりとくっついてくる
逆立ちしても身ぶるいしても
おたがいにウィン・ウインな関係じゃないか
と離れない

減法

6人姉妹の長女と次女の2人が逝って
6引く2は4
3女の私は次に引かれて
逝くのだろうか
4引く1は3となって

算数で習った引き算は減法とも言うけれど
6人姉妹をこの世に存在させた母は
父と加算で2+6で8人もの家族をもった
と同時に6個もの死を孕んだのかもしれない

もう何処にももどれない
時間のなかのホームレスになってしまって

どこかで引き算の和を求めて
終わるのだろうか

a＋b＝c
b＝c－a
という方法もある
その差というのは毎日歩いて
スクワット運動でもして
生きていくこと

ここに6個のリンゴがあります
2個食べました
だれが食べたのでしょう
こっそりつまみ食いばかりしているのは
だれですか

ご破算

人は何時から数を数えるようになったのだろう
長女　次女　三女　四女　五女　六女　と
数えてから引き算をする
向こう側にいったのは
長女　次女
番狂わせは四ヶ月まえに逝った末っ子の六女
いま流行りの家族葬で四十九日が過ぎてから
知らされた

　　人はみな　とうの昔に始まってしまった世界に
　　ある日　突然生まれ落ちる*

と数学者はいうのだが
残った三　四　五女の三人は

始まってしまった世界の
どんな場所に居るのだろうか

SNSの瞳に映ったほんの僅かな景色からさえ
見知らぬ人の居場所を特定できるという時代に
残された三人は
止まらない時間のなかのどのあたりにいるのだろう

地球《ちきゅう》のことを
地球《じだま》とルビを振った詩人がいる

1938年から2020まで生きて
地球のことを(ちきゅう)と疑いもなく読んできた私の
算数の答えは遊びこころもないままに
正解するしかないのだろうか

＊森田 真生

いま　地球《ジダマ》の上で

ソメイヨシノが満開である
挿し木から増やした染井吉野のＤＮＡは同じだから
季節がくれば一斉に咲いてしまうのも宿命

桜を見下ろす十階の病室に入ると
手首にリストバンドがはめられる
バーコードがついていて
血液検査もレントゲンも受付で
商品のように読み取られていく

２０２号室のベッドで
持って来た「暮尾淳詩集」を読んでいたら
パンデミックという言葉が使われている詩に

出会った

いま地球《ジダマ》の上で
起きていることを知り尽くしていたような詩
豚コレラや
鶏インフルエンザがはやると
即　殺処分する

新型コロナウィルスに感染したのがヒトだから
そうゆうわけにはいきません
不条理なことだから
いま　書店ではカミュのペストがバカ売れという
お一人様　一冊まで
マスクのように品不足

もうすぐ　洗えば何度も使える

ガーゼマスクが届きますよ
赤い紙　ではなくて真っ白なガーゼマスクが

あとがき

1938年生まれの私が戦後75年をふり返ってみると、そこには7歳の女の子が現われる。岡山市街を焼き尽くした空襲も経験した。そして今、新型コロナウイルスの流行の時を生きている。

自粛とか禁止という言葉をきくとき、電球はいつも黒い布で覆われていてそれが当然だと思っていた頃を思い出す。

自由にものが言える時代に詩集を出版できることは嬉しい。詩集をまとめるにあたって、長嶋南子様にお世話になりました。

心から感謝しております。

2020年　晩秋　苅田日出美

苅田　日出美（かんだ　ひでみ）
１９３８年岡山県生まれ
日本現代詩人会会員
詩誌『孔雀船』「０ゼロ」同人

著書
詩集
『小さい町・人が生まれると』（旧姓・真嶋日出美　１９６１年・裸足グループ）
『空き家について』（１９８２年・手帖社）
『川猫』（２００７年・あざみ書房）
『あれやこれや猫車』（２０１２年・花神社）
エッセイ集
『きょろきょろ目玉とうさぎの耳』（ペンネーム・嶋夕陽　２００３年・吉備人出版）

住所　〒７０１–０１３５
岡山市北区東花尻３００–12

草茫茫

二〇二〇年一一月三〇日　発行

著　者　苅田《かんだ》　日出美

発行者　知念　明子

発行所　七　月　堂

〒一五六―〇〇四三　東京都世田谷区松原二―二六―六

電話　〇三―三三二五―五七一七

FAX　〇三―三三二五―五七三一

印　刷　タイヨー美術印刷

製　本　あいずみ製本

Printed in Japan

ISBN 978-4-87944-429-5 C0092